Le spleen de Zarqa

et autres nouvelles

Todos los velos del Islam se desgarraban,

para que surgiese gloriosa y enigmática la ciudad de los dioses.

Ambigua y cruel, Isaac Muñoz

Le spleen de Zarqa

À toi, qui m'a ouvert les yeux sans le vouloir,

Zarqa n'est pas une grande ville. Elle n'est pas un village non plus. Elle n'est pas belle comme une femme qui danse, ni sage comme une femme qui chante.

Zarqa n'avait jamais été sa destination. Elle pensait parcourir les milliers de kilomètres qui séparent Damas de La Mecque à pied, en voiture, à dos de dromadaire ou en charrette. Peu lui importait. Zarqa n'était qu'une étape parmi tant d'autres.

La première européenne à entrer à La Mecque. Elle voulait être la première.

Deux de ses amis voyageurs avaient essayé quelques années auparavant, mais ils avaient échoué. Leur prononciation de l'arabe était parfaite. Ils connaissaient plusieurs sourates par cœur. Ils s'étaient habillés à la manière des bédouins du Nord de l'Arabie. Et pourtant. Quelque chose leur avait manqué. Ils étaient rentrés à Paris sans savoir quoi.

Mais Hortense l'avait compris. Il ne suffit pas d'étudier pour devenir quelqu'un d'autre. Il faut vivre cet autre pour le devenir.

Elle s'arrêta à Zarqa. D'abord pour une nuit, puis deux, puis trois, puis plusieurs semaines. Le temps s'écoulait et elle ne le voyait pas défiler. Elle passait ses journées à écrire, fumer et boire du *kawa*. Fort. Noir. Poivré. Le goût du café, à lui seul, pouvait lui faire oublier sa vie parisienne et la plonger dans une autre. Lointaine, exotique, friable.

Friable comme une feuille d'or qui volerait au rythme du vent qui serpente entre les montagnes.

Depuis le toit de la maison, elle pouvait voir le *Hejaz railway* en cours de construction, à quelques centaines de mètres de là. La modernité s'installait progressivement dans cette ville vieille de deux mille ans. Elle était témoin du basculement des sociétés dans l'époque de la vitesse et du rendement. Plus, toujours plus. Et moi, je veux toujours moins, pensait-elle. Moins d'usines, moins de commodités, moins de bruit. Elle les avait fuis. Ici, elle se sentait vivante, dans une ville plongée au milieu des terres pauvres et arides. Une ville qui avançait sans but, apercevant l'occidentalisme sans jamais le toucher.

Le couple qui accompagnait Hortense semblait l'attendre éternellement. Ils avaient accepté de la mener de Damas à Médine, à condition qu'ils la présentent comme leur sœur. Elle s'en était accommodée, mais ne savait toujours pas comment de Médine elle pourrait se rendre à La Mecque.

Hortense n'avait pas pensé réaliser ce périple pour elle, mais pour son mari, décédé trop tôt, orientaliste, écrivain, journaliste. C'était son rêve. Alors elle se devait de le réaliser pour lui.

Mais ici, au centre de Zarqa, la française ne peut se décider à partir. La ville n'a pas de charme. Ici les mosquées ne sont pas magnifiques, les marchés ne sont pas achalandés, les érudits arabes nés ici sont partis depuis longtemps. Amman, Le Caire, Damas, Alexandrie…voilà des villes que les riches européens aiment visiter. Mais Zarqa…Zarqa est, au mieux, une étape avant de s'enfoncer dans le désert à dos de dromadaire.

Hortense n'était pas une vieille femme, mais elle arborait déjà quelques rides sur le front et au coin des yeux. Depuis la mort de son mari, elle n'avait pas pu retrouver de sens à sa vie. Elle avait voulu un mariage d'amour, et elle l'avait eu. Zarqa ne pouvait lui rendre ce qu'elle avait perdu. Elle le savait mais elle cherchait. Quelque chose d'insignifiant qui pourrait lui apporter la paix. Combler un vide qui ne pouvait être comblé. Remplacer des souvenirs qui ne pouvaient être remplacés.

Au loin, l'appel à la prière lui permit de revenir à la réalité. Elle devait arrêter de penser au passé. Elle pria en silence sur le toit puis descendit au rez-de-chaussée où se trouvait un salon d'invités. Alia la regarda d'un drôle d'air, comme toujours, puis partit en direction de la cuisine. Hortense la payait pourtant bien pour loger chez elle. Et depuis quelques semaines, Alia portait des robes plus élégantes, et quelques perles venaient s'ajouter à sa coiffure chaque jour. Une femme voyageant sans son mari n'était pas bien vue, même accompagnée de sa sœur et de son beau-frère.

Hortense s'installa au milieu des coussins rouges, ocres et beiges. Elle ferma les yeux puis sentit son corps s'alanguir de plus en plus. Elle pensait à son mari. À ces derniers mois avec lui. Il ne la reconnaissait plus, et finissait même par avoir peur de cette femme qui vivait étrangement dans le même appartement que lui. Il avait vingt ans de plus qu'elle, et passé les cinquante ans, il avait commencé à perdre la tête.

- C'est moi, Charles. C'est moi.

- Qui êtes-vous ?

- Dis-moi que tu te souviens.

- Qui êtes-vous ?

- Du jour où nous nous sommes rencontrés.

- Qui êtes-vous ?

- A la Sorbonne.

- Qui êtes-vous ?

- Tu étais mon professeur. Et je t'admirais…Oh que je t'admirais !

- Qui êtes-vous ?

- Dis-moi que tu te souviens de notre mariage.

- Qui êtes-vous ?

- Il y avait tellement de monde que tous n'entraient pas dans l'église.

- Qui êtes-vous ?

- Ensuite nous avons vécu heureux. Nous avons voyagé. Nous avons eu la vie que nous voulions.

- Qui êtes-vous ?

- Mais jamais tu n'as voulu d'enfant. Moi, j'aurais peut-être aimé.

- Qui êtes-vous ?

- Je suis ta femme, Charles.

- Ma femme ? Non. Non. Je suis trop jeune pour avoir une femme.

- Quel âge as-tu ?

- Seize ans. Pourquoi ?

- Où vis-tu ?

- Dans le sixième, avec mes parents. Où sont-ils ?

- Morts, Charles. Ils sont morts depuis plus de dix ans !

- Maman ?

- Quoi ?

- Maman…j'ai froid.

- Je suis ta femme, Charles.

- Maman.

- Charles.

- Maman !

Hortense finit par s'endormir. Mais les cauchemars assaillirent son esprit. Les scènes de ces dernières semaines tournaient en boucle. Elle avait assisté, impuissante, à la chute d'un des intellectuels les plus en vogue de la capitale. Elle ne sortait plus, lui donnait à manger, lui parlait, l'habillait, le lavait. Elle s'était donnée corps et âme à son mentor, son modèle, celui en qui elle croyait dur comme fer.

Elle était tombée amoureuse de son charisme avant de tomber amoureuse de lui. L'attrait de la science, encore et toujours, d'une jeune femme qui ne rêvait que de prouver au monde qu'elle aussi pouvait étudier. Ses frères l'avaient fait. Elle aussi le ferait.

Elle se réveilla en sueur. Ces cauchemars étaient les derniers. Cette fois, elle l'avait décidé.

Elle partit errer dans la ville de Zarqa alors que le soleil se couchait derrière les montagnes. Le ciel était orange, presque rose. Jamais elle n'avait vu un aussi beau mélange de couleurs. Le ciel le plus beau du monde se dressait tel un tableau au-dessus d'une ville sans charme. La nature qui veut embellir l'œuvre de l'homme moderne. La nature qui veut reprendre sa place au-dessus de l'espèce humaine.

Les passants commençaient à déserter les rues et les souks. Les hommes se repliaient dans les cafés et restaurants. Les femmes rentraient chargées de courses avec leurs enfants. Et Hortense, seule, observait chaque geste, chaque parole, chaque bruit. Elle sortit du centre-ville et monta au sommet d'une des montagnes. Elle s'assit sur les marches d'une maison et regarda la ville s'endormir sous la pleine lune.

Et alors Hortense se demanda. Est-ce important que je sois la première européenne à entrer à La Mecque ? Un exploit de plus pour la postérité.

Deux jeunes enfants marchèrent à pas de loup vers elle. Ils avaient peur de paraître impolis. Mais comme elle les regardait sans rien dire, ils s'assirent à côté d'elle, sur les marches abîmées par les pluies, les vents et les sables.

- *Massaa al-khair[1]*, dirent-ils en chœur.

- *Massaa oul-khair*.

- Tu n'es pas d'ici ? demanda le plus grand.

- Non.

- D'où es-tu ?

- D'un pays très lointain.

- Tu sais raconter des histoires ?

- Peut-être…des histoires de quoi ?

- De chez toi, répondit le plus jeune.

- Chez moi, c'est un grand pays, vert, bleu et rouge. Vert comme son paysage, bleu comme les mers qui

---

[1] Bonsoir

l'entourent et rouge comme le sang des soldats morts pendant la guerre.

- Vous aussi vous faites la guerre ?

- Nous aussi.

D'autres enfants arrivèrent et s'installèrent en demi-cercle face à eux.

- Vous aussi vous avez été envahis par les Anglais ?

- Non. Les Anglais nous ont aidés. Ce sont d'autres personnes qui voulaient nous envahir. Ils n'ont pas réussi.

- Raconte-nous une histoire de là-bas, dit une petite fille.

- Bien. Je vais vous raconter l'histoire d'une femme que j'ai connue. Elle est née dans une grande ville qui s'appelle Paris. Là-bas, tout est beau, lisse, propre, enfin…dans certains quartiers. Pour cacher la misère, ils l'ont repoussée vers la périphérie. On a honte de la misère…

Le lendemain, Hortense partit à La Mecque, accompagnée du couple syrien. Elle prit deux tenues de rechange et un coran dans un grand sac en toile beige. Après plusieurs jours de marche, elle finit par arriver à Médine. Amena et Joram la laissèrent là, dans la maison d'un parent. Ils comprirent qu'elle voulait aller à La Mecque pour prier son défunt mari, et l'y emmenèrent par la suite. Elle entra sans problème et y resta trois jours. Au troisième jour, alors qu'elle devait se rendre à la *kabba*, et devenir la première chrétienne à s'y rendre, en ce début de XXème siècle, elle s'arrêta devant l'entrée et laissa les autres passer devant elle.

Non, elle ne pouvait pas. De quel droit pouvait-elle y aller alors que les musulmans gardaient ce lieu pour eux et rien que pour eux ? En mémoire de son mari ? Non. C'était lui qui voulait voir, savoir, connaître. C'était lui qui voulait étudier la religion et la culture. Alors qu'elle, elle voulait la vivre, sans l'observer, juste la vivre. Mais elle ne se sentait pas musulmane, pas plus qu'elle ne se sentait catholique. Elle ne savait pas ce qu'il fallait croire. Peut-être en rien, peut-être en tout. Elle ne pouvait tourner autour de la *kabba* si cet acte n'avait pas de sens pour elle. Alors elle fit demi-tour, pensa aux enfants du haut de la montagne, et repartit à travers le désert vers la Jordanie.

Hortense achèterait une maison à Zarqa et y vivrait jusqu'à la fin de ses jours. Elle n'avait pas choisi la ville. C'est la ville qui l'avait choisie.

Chaque soir, elle se rendait sur la montagne qui dominait la ville, s'asseyait sur les marches de cette maison qui semblait abandonnée, et racontait une histoire de son pays aux enfants, toujours plus nombreux, qui venaient l'écouter.

Mais l'indépendance du pays avançait à grand pas. Les habitants étaient divisés, cependant la majorité se battait contre les Anglais. Hortense ne pouvait pas rester. Elle avait vu les désastres de la guerre en France, et elle ne voulait pas les vivre à nouveau. Elle avait perdu ses deux frères dans les tranchées. Si elle partait maintenant, elle ne perdrait jamais ses nouveaux amis. Alors elle rejoignit Paris, un jour de septembre où elle apprit la disparition des enfants de la montagne de Zarqa.

A Paris, elle erra sans but dans la ville. Elle se sentait à l'étroit dans son appartement froid. Depuis son départ, les femmes avaient changé. Elles portaient des cheveux coupés à la nuque, des chapeaux plus petits, des jupes plus courtes et plus étroites. Elle ne reconnut pas sa ville. Ce n'était plus sa ville.

Elle s'assit sur les marches d'un immeuble de Montmartre. Le soleil blanc se couchait et les vagabonds se levaient. Des enfants vêtus de haillons s'assirent près d'elle. Ils lui rappelaient les enfants de Zarqa. Mais ces enfants-là étaient plus pauvres, car il n'y a rien de pire que la pauvreté au milieu de la richesse.

- Bonjour, dit l'un d'entre eux.

- Bonjour.

- Vous n'êtes pas d'ici ? demanda un enfant aux yeux bleu ciel.

- Non.

- D'où êtes-vous ?

- D'un pays très lointain.

- Vous savez raconter des histoires ?

- Peut-être…des histoires de quoi ?

- De chez vous.

- Chez moi, c'est un beau pays, jaune, rose et rouge. Jaune comme le sable, rose comme le ciel au coucher du soleil, et rouge comme le sang des morts pendant la guerre.

D'autres enfants arrivèrent, attirés par la femme aux habits longs et noirs, assise sur des marches avec les jeunes mendiants du Sacré-Cœur. Et, bientôt, ils furent une dizaine autour d'elle.

- Racontez-nous une histoire de là-bas.

- J'ai connu une vieille femme qui m'a rapporté qu'il y avait autrefois une princesse aux longs cheveux noirs qui habitait un palais de Zarqa, une ville aux somptueux jardins fleuris où danse l'eau des fontaines. Elle était si belle que des princes de toutes les contrées venaient pour lui offrir des présents. De l'or, de la myrrhe, de la soie, …

Nous nageons en pleine peinture à l'huile. En avant les grandes études ! J'attends un jour de moins beau temps pour m'occuper du grand vase de l'Alhambra. C'est de la terre rougeâtre avec émail, comme tu le crois. J'ai chippé quelques petits échantillons d'azulejos, pas très beaux malheureusement. On fait ce qu'on peut : je te les enverrai prochainement...

Je rêve un voyage au Maroc. Il est de toute nécessité que j'y aille. Voici en abrégé les raisons qui m'y poussent.

1° Je veux étudier les types qui se sont assez bien conservés, vu qu'après la conquête de Grenade, les Maures s'y sont en grande partie réfugiés.

2° Voir le palais de Fez, palais d'hiver et d'été, construit à peu près dans le même style et le même plan que l'Alhambra, puisqu'il a été bâti, dit-on, par Abu-Abdil-lah (je ne sais plus quel numéro), dernier roi maure de Grenade.

Lettre d'Henri Regnault à son père. Grenade, 17 octobre 1869.

H. R.

Dernier regard

Elle lisait ce roman pour la énième fois. Le récit la passionnait tellement qu'à chaque lecture elle découvrait de nouveaux détails. Elle se laissait emporter par l'intrigue, par les personnages, par les lieux. Elle envoya depuis son téléphone portable un message : «L'avion atterrit dans deux heures, je rentrerai seule, ne viens pas me chercher. ». Elle s'assit sur le siège qui lui avait été attribué et ouvrit son livre. Chapitre douze, page cent trois. Elle connaissait l'histoire par cœur mais cette fois-ci elle sentait que c'était différent, que quelque chose se passait, quelque chose qu'elle n'avait pas saisie lors de ses précédentes lectures. À travers les hublots de l'avion on apercevait encore les lumières de la ville. Elle devenait de plus en plus petite, jusqu'à s'effacer complètement dans le noir. La jeune femme ne pensait plus à son travail, à sa famille, à l'avion, aux autres passagers. Elle était seule avec son livre, seule dans le ciel au milieu de la nuit.

Sans s'en être rendu compte elle était arrivée dans sa rue, à une centaine de mètres seulement de l'immeuble où elle habitait. Elle ne se souvenait même pas de l'atterrissage, d'être sortie de l'aéroport ou d'avoir pris un taxi. Elle était comme absorbée par une histoire qui la dépassait. Le livre ouvert entre ses mains, elle marchait dans la rue déserte quand elle fut témoin du dernier regard. Les deux femmes et les deux hommes étaient assis autour de la table. Ils jouaient aux cartes. Il faisait nuit. Les branches d'un arbre fouettées par le vent cognaient la vitre d'une des fenêtres du salon. Ils riaient tous, du moins ils semblaient rire. Un des deux hommes se leva et demanda si quelqu'un voulait du café. La femme blonde répondit oui et l'autre homme non. Il s'avança vers la femme brune, posa sa main droite sur son épaule gauche et lui lança : « Et toi chérie ? ». Le second homme, qui était assis en face d'elle répondit à sa place : « Tu sais bien qu'elle n'en boit pas». Personne ne semblait réaliser ce qui se passait. Sans doute aucun lecteur ne s'était même jamais rendu compte de ce que l'écrivain lui avait caché depuis toujours. L'un en face de l'autre, leur regard se croisait. Mais ils ne se regardaient pas comme des amis, ni comme des personnes qui faisaient maintenant partie de la même famille. Ils ne se regardaient pas non plus comme des amants, ni comme des ex-amants. Ils ne se regardaient pas. Ils se cherchaient. Chacun imaginait l'autre, à un autre endroit, à une autre époque. Ils se connaissaient depuis des années sans vraiment se connaître. Ils savaient tout ce qu'ils ne voulaient pas savoir de l'autre, et au contraire ne savaient pas ce qu'ils voulaient savoir. Elle connaissait ses goûts, sa manière de parler. Il connaissait ses doutes, sa manière de danser. Mais ce qu'ils auraient voulu savoir c'est ce qu'une autre personne leur avait volé. L'odeur de sa peau, la douceur de ses caresses, sa main contre la sienne, son visage contre le sien.

L'homme ne revint pas avec une tasse de café. Il tenait un couteau fermement dans sa main droite. La femme brune sursauta. Les invités se levèrent. L'autre homme s'approcha de lui. Il lui parlait mais sa voix devenait de plus en plus forte jusqu'à ce que les paroles amicales deviennent des cris. Il se retourna brusquement, et lança un mot presque inaudible à la femme brune. Elle s'élança vers la porte et sortit en courant de l'appartement. Elle manqua trébucher puis reprit sa course dans la rue. Personne. Dans la rue il n'y avait personne. Elle voulait crier au secours, à l'aide, mais il n'y avait personne. Seule face à elle-même, elle s'arrêta net au beau milieu de la rue déserte et se retourna.

Elle voyait l'homme s'approcher. Il était de plus en plus près. Il tenait le couteau pointé sur elle et continuait de marcher, tranquillement, comme s'il savait déjà, que peu importe où elle irait, il la retrouverait. Le noir total. Seule la lumière faible d'un réverbère au loin. Le bruit des pas de l'homme, rythmé, cadencé, froid, lisse. Puis, inertes sur le trottoir, les pieds d'une femme, les jambes, les hanches, la taille, la poitrine, les bras, les mains. Et entre ses mains, un roman.

Tant que nous avons vécu, rien n'a pu nous séparer l'un de l'autre; maintenant nous allons être éloignés, par la mort, des lieux de notre naissance. Romain, tu resteras sous cette terre d'Égypte; et moi, malheureuse, je serai enterrée en Italie, moins malheureuse cependant de l'être dans les lieux où tu es né. Si les dieux de ton pays ont quelque force et quelque pouvoir, n'abandonne pas ta femme vivante; ne souffre pas qu'on triomphe de toi, en la menant en triomphe; cache-moi dans cette terre avec toi; laisse-moi partager ta tombe : des maux innombrables qui m'accablent, le plus grand, le plus affreux pour moi, a été ce peu de temps que j'ai vécu sans toi. **Plutarque.**

Pour te voir une dernière fois

Aux esprits
bienveillants qui nous hantent toujours.

Seule au bout du monde, les cheveux au vent et ses Ray Ban sur le nez, elle roule à toute vitesse à travers les États-Unis.

Vite. Plus vite. Encore plus vite.

Elle tourne parfois la tête, comme pour s'assurer que personne ne la suit.

Mais elle est seule. Seule sur cette route mythique qui traverse le désert.

Le vent. Le soleil. La terre. L'immensité. Voilà ce que l'on trouve une fois que l'on pénètre au Nouveau-Mexique.

Elle s'arrête parfois sur le bord de la route pour charger sa voiture de quelques bidons d'essence.

Elle s'arrête parfois sur le bord de la route pour dormir dans un motel, prendre une douche et un café.

Mais elle ne s'attarde jamais. Comme si quelqu'un la suivait.

Elle roule pendant plusieurs jours à travers le désert, un révolver 11 73 posé sur le siège passager.

Sa peau se teint de particules de poussière et les rayons brûlent son visage aux traits durs.

C'est l'été au Nouveau Mexique. Le soleil est à son zénith.

23.07.2017 – 09 :06
Nathan
Chaton, rappelle-moi, je m'inquiète.

23.07.2017 – 09 :58
Jean-Michel Lenoir
Vous ne m'avez toujours pas envoyé le compte-rendu de la réunion de vendredi. Je sais que vous venez de vivre des moments difficiles mais les examens approchent. Vous serez là la semaine prochaine n'est-ce pas ?

23.07. 2017 – 12 :32
Mathilde
Coucou Poulette. Comment tu vas ? Tu sais que je suis là si tu as besoin, hein ? Je viens de croiser Jean-Mi, il m'a dit que tu ne lui avais pas envoyé le compte-rendu. Tu veux que je m'en occupe ?

23.07.2017 – 15 :23
Numéro inconnu
Bonjour madame,
Je me permets de vous envoyer un sms parce que je vous ai envoyé un mail et en retour j'ai eu « Absente pour durée indéterminée ». Je me fais un peu de SOUCI vu que ma soutenance est dans 10 jours… Est-ce que je dis au professeur Perreira de la reporter ?

23.07.2017 – 17 :55
Nathan
Bon chérie, tu es partie il y a trois jours et je n'ai toujours pas de nouvelles… Appelle quand tu peux ok ? Je t'aime.

23.07.2017 – 18 :44
Olivier Perreira

Bonjour très chère collègue. Je crois que ton élève de cinquième année s'inquiète pour sa soutenance. Si tu ne peux pas venir, on décale. De toute façon il n'y a que nous deux au jury, non ?

23.07.2017 – 21 : 04
Numéro inconnu
Salut, c'est Jack. Je ne sais pas si tu te souviens de moi. Je suis l'Ecossais que tu as rencontré samedi dernier… Ça te dirait de se revoir sur Paris ?

23.07.2017 – 21 : 12
Numéro inconnu
Ma chérie, c'est maman. J'ai pris le téléphone d'un infirmier. Ils me traitent mal ici tu sais. Viens me récupérer, apporte moi un téléphone portable, ils m'ont volé le mien. Ils me volent toutes mes affaires de toute façon. Ah oui, dis aussi à ton père que je l'emmerde.

Elle jette un coup d'œil à son portable puis le range dans son sac. Elle ne répondra à personne aujourd'hui. Elle veut être seule. Pour réfléchir, mais aussi pour le simple plaisir d'être seule. Elle a toujours été une fourmi parmi d'autres dans ce monde infernal où tout s'enchaîne et recommence, à l'infini. Un infini monotone, conforme et aveugle.

Elle ne veut plus être aveuglée par l'aura poussiéreuse des autres, alors elle a décidé d'être aveuglée par le soleil, le silence du désert et les cendres de la terre.

Elle sourit en s'imaginant héroïne d'un western. Avec son révolver, son chapeau et ses bottes de cow-boy. Elle voudrait que sa vie soit un film. Un film si beau qu'il resterait gravé dans les mémoires d'un quelconque canon cinématographique du vingt-et-unième siècle.

Elle a dit qu'elle partait, et tous ont pensé qu'elle prenait quelques jours de vacances suite au décès de son frère.

Ce qu'elle n'a pas dit, c'est qu'elle ne compte pas revenir. Ni pour son élève de Master, ni pour le chef du Département de Philologie, ni pour Jack, le fantasme écossais rencontré avant de prendre l'avion, ni pour son amie Mathilde, ni pour sa mère internée depuis belle lurette en hôpital psychiatrique, ni pour le fiancé qu'elle n'a jamais quitté depuis ses dix-neuf ans.

Elle veut être seule. Et quand elle ne voudra plus l'être elle rentrera peut-être. Sauf si elle décide de refaire sa vie ailleurs.

Depuis quelques mois elle l'envisage, en silence, le soir, allongée sur un transat devant sa piscine. Un verre de Cahors dans la main gauche et une gitane dans la main droite. La joue encore chaude du baiser du soir de Nathan. Les doigts endoloris d'avoir trop écrit. Les pieds rouges d'avoir trop marché.

Elle vit dans un cocon douillet. Un loft avec piscine sur le toit en plein cœur de la capitale. Un fiancé aux petits soins mais qui rentre souvent tard de la clinique où il travaille.

Elle n'avait pas vu son frère depuis plusieurs mois. Il était tombé dans la drogue et vivait de petits boulots. Chaque jour qui passait fanait son corps encore jeune, devenu un squelette décharné et rabougri. Il se sentait lui-même pourri de l'intérieur par une société normalisée et hypocrite, pourri par les stupéfiants, l'alcool, les clubs et le sexe, pourri par le regard assassin des fils à papa du seizième qui voulaient se la jouer cool et des minettes débraillées qui recherchaient désespérément à repousser les limites fixées par l'éternelle bourgeoisie parisienne. La jeune femme avait voulu l'aider. Il avait toujours refusé. Elle l'avait supplié. Il lui avait claqué la porte au nez. Et puis il est mort. Seul. Dans le noir. Mutilé de six coups de couteau.

Alors elle est partie. Peut-être pour connaître, elle aussi, un peu de cette solitude.

Quand le soleil entame enfin sa longue descente vers l'horizon, elle rejoint une petite ville du nom de Comaling, perdue au milieu de nulle part, constituée d'une seule et même longue rue, parallèle à la route 66. Les petites maisons qui longent l'allée sont toutes identiques, aux murs gris métallisé et aux fenêtres closes.

Elle gare sa voiture devant un petit immeuble dont l'enseigne lumineuse vacillante affiche en lettres capitales « HOTEL ».

Il fait presque nuit. Le vent se lève brusquement et s'engouffre dans la rue déserte.

Elle enfile un gilet, sentant que la température baisse soudainement, ferme la voiture et se dirige d'un pas rapide vers la porte d'entrée.

Un grincement de porte. Le retentissement aigu d'une clochette. Puis plus rien. Un silence immense. Immense comme le désert qui l'entoure.

La jeune femme appelle. En vain.

Elle se met alors à arpenter l'unique pièce qui s'offre à elle depuis la porte d'entrée. Un salon, aux meubles anciens et chaleureux.

Elle s'assoit sur le canapé en cuir marron et observe les lieux. Un plaid à carreaux posé nonchalamment sur l'accoudoir du canapé. Deux fauteuils assortis. Une fenêtre qui donne sur la rue. Une horloge comtoise affichant vingt-et-une heure trente. Un tapis rouge bordeaux aux motifs orientaux. Un grand miroir ancien à l'horizontale. Une bibliothèque surchargée de livres. Une cheminée entourée de briques rouges.

Elle attend. Longtemps. Très longtemps. Et finit par se lever et monter les escaliers.

À l'étage se trouve un long couloir mal éclairé. Elle appelle encore, frappe aux portes. Mais personne ne répond.

Il n'y a rien. Rien qu'un silence de plus en plus oppressant et une impression de vide qui l'assaillent.

Soudain, alors qu'elle s'apprête à redescendre, une petite voix chevrotante lance dans son dos « Bonsoir madame ».

Surprise, la jeune française se retourne. Une petite dame aux cheveux gris et au sourire charmant se tient là, devant elle, un paquet de linge sale dans ses bras chétifs.

Elle lui dit qu'elle cherche un endroit où passer la nuit avant de reprendre la route. La vieille lui fait signe de la suivre et ouvre une porte au fond du couloir. La chambre est petite mais confortable, malgré la faible lueur d'une lampe de chevet dont l'ampoule menace de griller à tout moment.

« C'est ma seule chambre de libre. Ce sera trente dollars la nuit. Les clefs sont dans le tiroir. »

Quand la vieille referme la porte derrière elle, la jeune femme s'assoit sur le lit et pousse un soupir.

Son regard se fixe sur la porte, pensif, perdu.

Elle sort de son sac à main la culotte de rechange qu'elle y avait fourrée, la pose sur la commode, puis récupère les clefs dans le tiroir de la table de chevet et sort de la chambre. Elle arpente ensuite la rue silencieuse en quête d'un restaurant ou d'un bar.

Rien.

Des maisons abandonnées. Des maisons abandonnées. Et encore des maisons abandonnées.

« Vous cherchez quelque chose ? »

Elle fait volte-face. Un homme chauve et moustachu retire son chapeau et s'avance vers elle.

Il est habillé comme le parfait dandy du dix-neuvième siècle. Haut-de-forme, redingote, montre à gousset, canne et souliers vernis.

Elle lui dit qu'elle cherche un endroit où se restaurer.

Et il lui indique du doigt une maison, plus grande que les autres, avec un étage, dont on peut percevoir d'ici une lumière tamisée à travers les interstices des volets.

« Mais je vous préviens, c'est mal famé. »

Puis il disparaît dans la nuit aussi vite qu'il est apparu.

En entrant elle est prise de vertige. Des hommes ivres, habillés comme des cow-boys, chantant en rythme au son du piano. Le musicien est un homme noir, plutôt bien vêtu, chemise blanche, nœud papillon et bottes en cuir, aux dents blanches comme de la porcelaine et aux doigts agiles comme un reptile. Elle lève la tête. Adossées à la rambarde de l'étage se tiennent quatre filles, aux longues jupes rouges à froufrous, retroussées jusqu'aux cuisses, et au large décolleté.

Elle s'assoit à l'écart, loin du piano et de l'agitation générale.

Une adolescente, vêtue d'une longue robe crasseuse et maintes fois recousue, s'avance puis s'assoit sur la chaise à côté d'elle.

« Vous êtes belle » lui dit l'enfant en la regardant avec de grands yeux. « Je n'ai pas de quoi manger mais j'ai de quoi boire ».

Elle se lève mais revient aussitôt avec un verre vide et le pose devant la jeune femme.

« Nous n'avons pas souvent de nouveaux venus en ville », puis elle s'empresse d'ajouter en regardant avec toute l'intensité dont elle est capable « vous restez n'est-ce pas ? »

La femme lui répond que non. Que demain elle repart.

L'adolescente s'en va penaude vers d'autres clients.

Les hommes, étrangement, ne prêtent pas attention à la nouvelle venue. Ils ne l'ont pas vue. Ou ils ne peuvent pas la voir.

Elle se lève, dépose une pièce sur le bar puis repart vers la porte sans que personne ne lui ait adressé un seul mot.

Le lendemain matin elle se réveille avec une sensation de plénitude jamais éprouvée.

Elle n'a pas mangé depuis la veille au matin mais elle n'a pas faim.

Elle s'apprête à prendre une douche mais aucune goutte d'eau ne sort du robinet. Alors elle s'habille, récupère ses affaires, dépose un billet dans l'entrée et sort de l'hôtel.

Sa voiture n'est plus là.

Le ciel est gris et un orage menace. Le vent balaye la poussière formant un rideau jaunâtre sur les maisons.

La jeune femme fronce les sourcils et aperçoit alors deux hommes dans la rue. L'un en face de l'autre, à une dizaine de mètres de distance, ils se regardent droit dans les yeux, la main droite fermée sur la poignée de leur révolver.

Derrière elle l'homme rencontré hier et l'adolescente discutent. Leurs mots s'envolent avec la brise pour mourir bien au-delà de Comaling.

« Nos péchés sont les mêmes ici et sur terre. Regardez-les. Ils ne changeront jamais. »

« Personne ne change jamais. Nous sommes des animaux qui se croient supérieurs aux autres. Mais nous ne sommes que des animaux. »

« Si seulement nous pouvions partir… »

« Où croyez-vous que votre âme soit allée cher ami ? »

« Elle doit continuer à chercher. Plus loin. Toujours plus loin. »

« La mienne cherche depuis cent sept ans le vivant qui priera pour elle. »

Puis le bruit sourd d'une balle qui fend l'air pour venir se nicher dans la chair.

« Eh bien voilà jeune fille. Demain. Même heure. »

« Demain. Même heure. »

Les deux habitants repartent chacun en direction opposée puis disparaissent dans l'épaisse fumée de sable.

La jeune femme s'approche du duelliste tombé à terre. Il est immobile. Les yeux ouverts vers le ciel noir et un sourire à peine esquissé sur les lèvres.

L'espace d'un instant elle croit voir son frère. Ses yeux verts, sa barbe de trois jours et ses cheveux en bataille. Mais ce n'est pas lui. C'est un inconnu aux yeux verts, à la barbe de trois jours et aux cheveux en bataille.

Elle se remet en marche et arpente la rue. Tout en continuant toujours tout droit elle tourne en rond, passant maintes fois devant l'hôtel, l'homme mort, le bar, l'hôtel, l'homme mort, le bar, …

Soudain elle entend le son du piano, la voix grave du chanteur noir, les rires des femmes du premier étage et les cris stridents des cow-boys ivres. Le bar ouvre à nouveau. La nuit reprend ses droits sur la ville.

La jeune femme entre et s'assoit à la même table que la veille.

L'adolescente s'installe à son tour et se tourne vers elle, un sourire malicieux aux lèvres.

« Alors vous n'êtes pas partie. »

L'étrangère reste muette, le regard fixé sur les mains prestes du pianiste.

« Restez si vous voulez le retrouver. »

« Je n'ai pas de quoi manger mais j'ai de quoi boire. »

Puis elle lui ramène un verre vide et s'en va en sautillant vers une autre table.

Le lendemain matin la Parisienne sort de l'hôtel avec toujours le faible espoir de retrouver sa voiture.

Les deux hommes se battent et les deux habitants discutent à nouveau.

Quand le premier tombe à terre, elle se précipite vers l'autre. Il est le dernier habitant qu'elle n'a pas encore vu. Il s'enfuit en courant vers la sortie de la ville puis s'enfonce dans le désert. Elle court sans s'arrêter, sous une chaleur suffocante et un soleil de plomb.

Mais il disparaît. Elle n'a pu le rattraper.

Elle retourne à l'hôtel, s'enferme dans sa chambre et attend que le soleil se couche.

Elle cherche à nouveau sa voiture. En vain. Elle n'est plus là et ne reviendra jamais.

Elle ne peut plus partir. Et elle ne veut plus partir.

Fini la faim, la soif, la souffrance, les pleurs, la mort. Fini.

Elle passe à nouveau la soirée au bar, repère deux hommes qui lui font des clins d'œil puis repart. Elle s'en contentera pour cette fois.

Dès l'aube elle veille. Elle doit le voir. Elle doit enfin le voir.

Des coups de feu. La mort surprend la mort.

Un cadavre et un autre homme qui fuit.

Elle court, perce les tourbillons de sable et court, encore et toujours.

Et alors il se retourne. Quand la ville a déjà disparu dans l'horizon et que plus aucun bruit de la civilisation ne retentit. Un silence lourd. Une douleur lourde. Lourde comme le dernier voyage du Téméraire, comme les aboiements des chiens mourants, comme un wagon de troisième classe, comme l'angelus de dix-huit heures, comme la photographie d'un enterrement tzigane.

Mais après la douleur vient la plénitude. Celle de l'instant, du désir assouvi et de la finalité.

Son frère est là, devant elle, le revolver 11 73 dans la main droite. Comme un mort qui réapparaîtrait sous les traits d'un vivant. Il lui sourit, s'approche et lui prend la main. Des vents chauds et froids se mêlent dans une danse macabre autour d'eux. Le soleil se meurt alors qu'il vient tout juste de naître et une ligne pourpre se dessine à l'horizon.

Ils sont seuls, tous les deux, au milieu d'un désert éternel, témoin de leur lien éternel.

- Aurore, que fais-tu ici ?
- Je suis venue pour toi. Pour te voir une dernière fois.

Nos cas, en résumé, sont caractérisés par la recherche du contact d'étoffes déterminées, la préférence de ce genre d'aphrodisiaque à tout autre, mais sans exclusivité absolue ; l'indifférence à la forme, au passé et à la valeur évocatrice du fragment d'étoffe mis en jeu ; le rôle très effacé de l'imagination, l'absence d'attachement à l'objet après usage, l'absence ordinaire d'évocation du sexe adverse, la préférence pour la soie, l'association de la kleptomanie, enfin, la rencontre de ce tableau complet, à notre connaissance, chez des femmes seulement (et dans l'espèce des hystériques). **Gaëtan de Clérambault.**

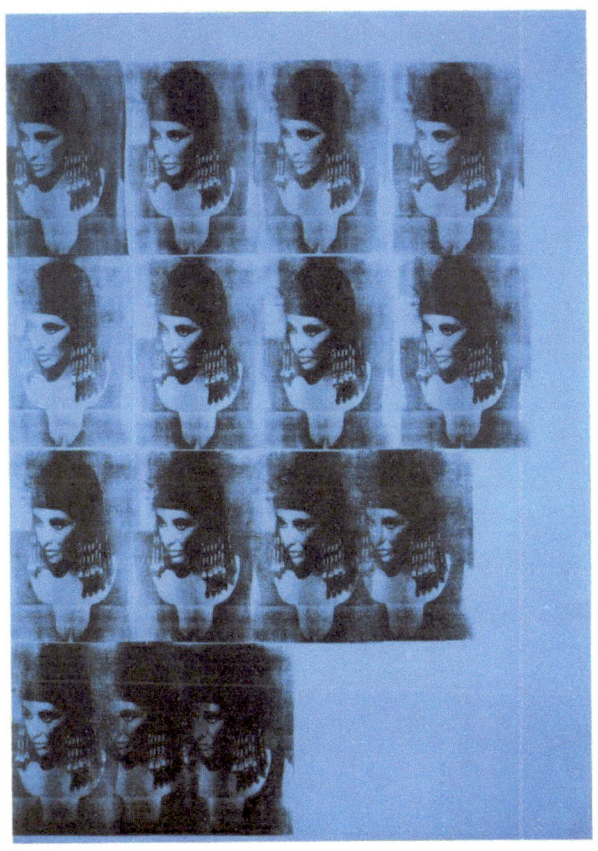

Warhol.

Salam mon amour

Je tourne en rond depuis des jours à la recherche d'une occupation. Une occupation qui me permettrait de ne plus y penser. De ne plus penser à lui. Hier matin le patron de la boîte m'a téléphoné, il avait l'air inquiet. J'ai feint d'être malade. Une grosse grippe qui me clouerait au lit pendant au moins une semaine. Après tout, je n'ai pas tout à fait menti, je suis bien malade. Malade de l'avoir perdu. Malade qu'il soit parti. Malade de me retrouver seule. Depuis deux jours j'ai perdu le goût des choses. Ce que j'aimais avant, je ne l'aime plus aujourd'hui. Le chocolat me parait âpre, les fraises m'écœurent, le lait me donne envie de vomir. Je ne sens même plus le goût des épices. Un piment d'Espelette entier dans ma bouche ne me ferait aucun effet.

Pour la première fois de ma vie j'ai fumé une cigarette. Ce matin je me suis réveillée en pleurant, le visage rouge et les yeux gonflés. Alors j'ai décidé de descendre au bureau de tabac qui se trouve au coin de la rue. Je ne savais pas exactement ce que je voulais, après tout n'importe quelle marque aurait fait l'affaire. J'ai pointé du doigt un paquet dont je n'arrivais même pas à lire le nom à cause des larmes qui se collaient à mes yeux. J'ai fumé cette première cigarette avec une grande solennité, comme si cela allait m'apaiser. Mais je crois qu'après c'était encore pire. J'ai pensé à ce qu'avait été ma vie jusqu'à présent, me rendant compte que je n'avais absolument rien accompli. Je suis restée murée dans ma cité pendant presque vingt ans, sans rien attendre de la vie. Si j'avais continué mes études, peut-être ne serais-je pas ici aujourd'hui, peut-être vivrais-je dans un pavillon de banlieue bien propret, avec un mari charmant qui rentrerait tous les soirs le sourire aux lèvres en demandant ce qu'il y a à manger, ou alors peut-être aurais-je trouvé un emploi très bien payé à l'autre bout de monde, négociant tel ou tel contrat primordial pour l'avenir d'une entreprise du CAC 40. Au lieu de cela je suis devenue femme de ménage. Je n'aimais pas être femme de ménage, je sais que mon fils avait honte de moi. Mais aujourd'hui je me dis que c'était bien finalement d'être femme de ménage, parce que maintenant je ne le suis plus, je suis juste une femme seule. Une femme vivant dans l'ombre d'elle-même.

Cet après-midi Karim est passé. Je ne voulais pas lui parler. Cela fait des semaines que je ne veux plus lui parler. Je ne savais pas comment lui dire que j'avais autre chose à penser qu'une éventuelle officialisation de relation qui n'existe que dans ses rêves, alors je lui ai claqué la porte au nez en lui disant que c'était fini, que je ne l'aimais pas et qu'il n'était qu'un petit dealer de merde.

Ensuite j'ai filé dans ma chambre et je me suis enfouie sous la couette. Je voulais mourir, mais au lieu de cela je me suis endormie et quand, deux heures plus tard, je me suis réveillée en sueur, j'étais encore vivante. J'ai ouvert le tiroir de ma table de chevet et j'ai sorti le petit bout de papier bleu que je n'avais pas relu depuis deux jours. Je crois qu'il s'est appliqué pour l'écrire. Il a utilisé le stylo plume que je lui avais acheté pour la rentrée. Le papier bleu je le reconnais, c'est celui qu'ils utilisent comme brouillon pendant les examens. Il n'a écrit qu'une phrase, une seule phrase pour me dire au revoir, une seule phrase et j'ai tout compris : « Je ne suis plus à ma place ici, je serai plus utile ailleurs. »

Nous avons toujours eu la même manière de formuler les phrases, mon fils et moi. Des phrases trop courtes, trop rudes, trop amères. En fac de lettres c'est ce que l'on me reprochait, de ne pas assez argumenter, de ne pas assez expliciter. Parfois cela ne sert à rien, tout le monde comprend, il n'y a que le prof qui ne comprend pas. C'est pour cela que je n'ai jamais vraiment fait attention aux remarques des enseignants au sujet de mon fils. Ils se permettent de dire qu'il ne travaille pas assez, qu'il oublie toujours ses affaires, qu'il n'aura jamais son bac. Je ne sais pas s'ils ont raison ou s'ils ont tort, tout ce que je sais c'est que c'est mon fils et que je le trouve parfait, enfin je le trouvais parfait.

J'ai été aveugle pendant des mois. J'ai été une mauvaise mère. J'ai de bonnes excuses, mais elles ne comptent pas. Je travaille quarante-cinq heures par semaine. Le matin je lave le sol des bobos du centre-ville, l'après-midi je lave les vitrines des boutiques de la rue Alsace Lorraine et le soir, après dix-huit heures, je lave tout le reste dans une entreprise dont je ne citerai pas le nom, assez connue pour que toute la ville en connaisse les dirigeants, mais pas les femmes de ménage, bien sûr.

Je sais pourquoi il est parti. Et la culpabilité me ronge depuis deux jours, elle ne s'estompe jamais, au contraire, elle s'intensifie quand la nuit tombe. Je peux apercevoir ce qui se passe dans les appartements de l'immeuble C. Les femmes qui préparent à manger, les hommes qui regardent la télé, les enfants qui rentrent de l'école. C'est alors que mon cœur se contracte, que le temps s'arrête. Je sais que mon enfant à moi ne rentrera pas ce soir, qu'il ne franchira pas la porte en soufflant, parce que, une fois n'est pas coutume, je suis en retard.

Je me lève et ouvre le placard de la chambre. Sur la dernière étagère, j'ai placé, il y a bien longtemps maintenant, une jolie boîte en papier mâché doré. J'attrape une chaise et je monte dessus pour l'atteindre. Comme je suis seule, sans un grand boute-en-train d'un mètre quatre-vingts. Il faut bien que j'apprenne à me débrouiller seule. Je pose la boîte sur mon lit. J'hésite avant de l'ouvrir. Il y a trop de souvenirs dedans, et je risque de pleurer encore plus, et cette fois-ci je ne pourrai plus m'arrêter. C'est une grande boîte mais elle ne renferme qu'une toute petite chose, une photo de notre mariage. Nous étions jeunes, beaux, souriants. Je souris mais j'ai la larme à l'œil. Cela ne se voit pas sur la photo mais moi je m'en souviens. J'étais heureuse de me marier avec l'homme que j'aimais, mais triste que nous ne soyons que tous les deux, sans famille, sans ami. Les deux témoins étaient des employées de la mairie, nous ne les avions pas cherchées bien loin, c'était deux secrétaires qui avaient eu la gentillesse de prendre une pause de dix minutes sur leur temps de travail. En le choisissant je savais que je me mettais à dos mes proches, leurs valeurs chrétiennes et leur peur de l'autre. Je n'ai jamais regretté ce choix, vingt ans après je ne le regrette toujours pas. Sa mort a laissé un grand vide dans ma vie, un vide que je n'ai jamais pu combler, peut-être même que je n'ai jamais essayé de combler. Mon fils était la seule chose qui m'obligeait à rester forte, maintenant je suis une femme faible, une loque qui a pris plus de rides ces deux derniers jours à ne rien faire que ces vingt dernières années à me tuer au travail.

Je comprends ce qu'il m'a écrit mais, en même temps, je ne comprends pas pourquoi il est parti. Pas lui, les autres, mais pas lui. Il n'est pas le seul, je sais. Mais je n'ai pas envie de contacter les autres parents en détresse, les associations qui aident les familles, toute cette organisation qui, depuis quelques années, dit aider ceux qui se sentent démunis. Je refuse de faire partie de cette communauté, en faire partie ce serait avouer que j'ai échoué, que ma vie a été un échec, que l'éducation que j'ai donnée a été un échec, et, surtout, qu'il ne reviendra jamais. Quand un jeune quitte le nid familial c'est parfois quelque chose de positif, le début d'un voyage initiatique qui lui montre ce qu'est la vie d'adulte, devoir se débrouiller seul, ne plus compter sur l'aide des parents. Dans le cas de mon fils, j'ai bien peur que son voyage ne ressemble en rien à un voyage initiatique à la Candide, il ressemble plus à la traversée du Styx.

Depuis deux jours je mets sens dessus-dessous la chambre de mon fils à la recherche d'un indice. Je ne sais pas ce que je pense trouver. Des mails, des messages, quelque chose qui me permettrait de savoir où il est. Il a pris son sac de voyage, quelques tee-shirts, pantalons, chaussettes et boxers. Il aurait dû prendre des pulls. S'il m'en avait parlé je lui aurais dit de prendre des pulls, mais ensuite je lui aurais dit de ne pas partir, je l'aurais enfermé à clef dans sa chambre et j'aurais appelé le lycée pour leur dire que nous devons déménager en urgence, que ma mère est très malade et que nous devons la rejoindre à la campagne. Bien sûr, n'étant pas une mère exemplaire, et ils le savent, ils auraient prévenu la police. Des agents stupides et antipathiques auraient débarqué à la maison. Comme personne ne leur répondrait, ils défonceraient la porte et là, force leur serait de constater que nous avons bel et bien déménagé. Parce que, pendant la nuit, avec ma petite intelligence et ma petite force de technicienne de surface, j'aurais assommé mon fils avec une poêle pendant qu'il dormait et je l'aurais traîné jusqu'à l'ascenseur, puis jusqu'au coffre de ma voiture. Je crois avoir déjà vu cette situation dans un film, et l'actrice, type mannequin, réussissait.

J'allume mon portable, je ne l'ai pas regardé depuis deux jours. Deux appels manqués de Karim, un appel manqué de Nathalie, une amie du deuxième étage et un message vocal d'Amandine, ma cousine, la seule personne de ma famille à avoir repris contact avec moi à la mort de mon mari. Je ne sais pas pourquoi Karim s'accroche autant, je ne lui ai jamais rien promis, j'ai toujours été fidèle à mon mari, même s'il n'est plus là, mais il a dû penser qu'une femme qui n'était pas encore trop vieille, ni encore trop laide, devait ressentir le besoin d'avoir un homme à ses côtés. Ce qu'il n'a pas compris, c'est que j'en avais un, un homme à mes côtés, mon fils. Nathalie est une femme gentille, qui n'a pas eu, elle non plus, la vie facile. Elle a divorcé, puis s'est remariée. Pour ma part, je ne suis pas certaine qu'elle ait gagné au change. J'imagine qu'elle m'a appelée pour que je garde son bébé pendant qu'elle ira se saouler dans un bar minable. Maintenant je ne la couvrirai plus. J'en ai marre de tout, des hommes collants, des voisines ivrognes, des cousines parasites. Si Amandine m'a recontactée il y a cinq ans, ce n'est pas par bonté ou par regret, c'est parce qu'elle est une assistée de quarante-cinq ans qui, pour fuir le nouveau petit-ami de sa fille, vient parfois se réfugier ici, depuis qu'elle s'est rendu compte que nous habitions la même ville. Elle et toute ma famille me méprisent, enfin surtout les autres, parce qu'elle, elle doit bien me trouver au moins serviable.

J'aurais dû me rendre compte que quelque chose n'allait pas quand je me suis intéressée aux fréquentations de mon fils. Ils voyaient d'autres jeunes du quartier. Ce ne sont pas des têtes mais ils m'ont toujours paru inoffensifs. Une ou deux fois je me suis risquée à lui demander s'il avait une copine. C'est de son âge après tout. Il m'a regardé surpris et il m'a répondu « pour quoi faire ». J'étais finalement contente, imaginant que je pourrais encore le garder pour moi toute seule encore un certain temps. Aujourd'hui pourtant, je me rends compte que j'aurais préféré qu'il amène une adolescente hypocrite et prétentieuse tous les soirs à la maison plutôt qu'il parte là-bas.

Mon fils a toujours ressemblé à mon mari. Il a le même sourire, les mêmes yeux, les mêmes cheveux noirs et touffus. Quand il est mort, j'ai fait un transfert sur mon fils, et j'en suis consciente. Je l'aime mais je ne lui ai sans doute pas assez montré. Plus il grandissait et moins j'étais tendre avec lui. J'avais peur de le prendre dans mes bras, de l'embrasser. J'avais peur qu'il me trouve trop mère poule et qu'il me rejette. Aujourd'hui je n'ai plus peur de ce genre de futilités, j'ai peur de quelque chose de plus grand et de plus dangereux.

Je prends mon portable et j'appelle Jérôme, un des amis de mon fils. Quand je lui dis qui je suis, il sait pourquoi j'appelle. Il est au courant, il l'a même été bien avant moi. Je lui dis que j'ai compris et que je ne suis pas fâchée, que je n'arrive pas à l'être. Il me demande si j'ai prévenu la police de la disparition de mon fils et je lui réponds que non, que s'il se ravise, je ne veux pas qu'il ait d'ennuis. Le jeune homme me dit que c'est bien, que la police s'en apercevra bien assez tôt. Mon mari ne lui a jamais appris ce genre de chose, je lui dis, et il me répond en riant que c'est ce qu'il a dans le sang. Je sens la colère qui monte en moi, c'est à cause de lui et de sa bande de cancres si mon fils est parti. Si Jérôme était en face de moi je le frapperais, je le poursuivrais, je le tuerais. Ou alors c'est lui qui me frapperait, qui me poursuivrait et qui me tuerait. Rapidement je lui fais entendre que je veux rejoindre mon fils, coûte que coûte. Il faut que je le ramène, que je lui fasse entendre raison. Il me donne aisément toutes les informations dont j'ai besoin, il sait qu'il s'agit de mon fils et que je ne prendrais pas le risque d'en parler à qui que ce soit. Avant de raccrocher il me lance, « Il est peut-être déjà au paradis ».

Je note en un éclair sur un carnet les noms, les adresses, le chemin à prendre. Je réserve un billet pour Istanbul et je récite le Notre Père. Je suis surprise de m'en rappeler encore. Je prends dans mon sac la photo de mon mariage. Avant de fermer la porte d'entrée pour toujours, je me retourne vers le salon. Cet appartement est le premier endroit où nous avons habité après notre mariage, tous mes souvenirs depuis vingt ans sont ici. Il n'est pas beau, pas lumineux, mal rangé et mal décoré. Mais j'aimais cet endroit à la fois à l'écart du monde et au centre du monde, à l'écart des grands et au centre des petits. Je claque la porte en pensant aux deux hommes de ma vie et je leur dis à voix haute : Salam mon amour !

Les révoltés l'assiégèrent dans son palais... Couché sur un lit superbe, au sommet d'un immense bûcher, Sardanapale donne l'ordre à ses esclaves et aux officiers du palais d'égorger ses femmes, ses pages, jusqu'à ses chevaux et ses chiens favoris ; aucun des objets qui avaient servi à ses plaisirs ne devait lui survivre. **Delacroix.**

Dans la mer je me suis perdue

- Qui êtes-vous?
- …
- Savez-vous pourquoi vous êtes là ?
- …
- Vous n'avez pas envie de parler ?
- …

- Dossier patient - n°8026C

Jeanne Loiseau - Toulouse, France, 1995.
Entrée dans notre service le 28/07/2028. Hospitalisation sous contrainte.
Mariée. Trois enfants. Protestante de naissance. Convertie à l'athéisme.
Constitution fragile. Aptitudes mentales encore à déterminer. Refus de coopérer avec le personnel médical depuis son arrivée.
Somnolences. Rigidité corporelle. Indifférence affective.
Schizophrénie catatonique.

- Vous refusez de nous parler depuis quatre mois maintenant. Êtes-vous sûre de vouloir continuer ?
- …
- Tant que vous n'aurez pas répondu à nos questions, vous ne sortirez pas d'ici. Le savez-vous ?
- …

- Êtes-vous coupable madame Loiseau ?
- …
- Etes-vous coupable ?
- …

Le va-et-vient des vagues.

- Rapport n° 18 -
  01/12/2028
Jeanne Loiseau (dossier n°8026C)
33 ans. 1m 59. 50 kg.

Madame Loiseau refuse toujours de parler. Elle boit peu et mange peu.

En dehors des séances individuelles et de groupe, elle récite la Bible malgré les interdictions. Il lui arrive parfois aussi de parler en arabe et de réciter des sourates du Coran.

Elle possède donc une mémoire prodigieuse, les textes religieux ayant été interdits à la vente et à la circulation depuis bientôt cinq ans.

Je préconise de continuer la surveillance quotidienne, le traitement prescrit à son arrivée par le professeur Bois-Martin et d'essayer de la faire parler pendant les entretiens individuels.

Docteur Jean Fontaine.

-Alors, il paraît que tu ne veux pas parler aux toubibs.

-…

-Tu sais moi non plus au début je ne voulais pas. Et puis, ils m'ont fait des choses…j'ai craqué, je leur ai tout dit. Et maintenant ils me laissent tranquille.

-Jamais ils ne me laisseront tranquille.

-Mais si, il faut tout leur dire, tout ce que tu as fait.

-Je ne veux pas dire ce qu'ils veulent entendre, et ce qu'ils veulent entendre ce n'est pas la vérité.

-Peu importe, oublie la morale, ici il n'y a pas de morale.

-…

-Si tu savais ce qui t'attend tu parlerais. Quand ils ont vu qu'au bout de six mois je ne disais toujours rien ils m'ont enfermée dans le bâtiment D. J'peux te dire que tu es loin d'imaginer ce qui se fait dans le bâtiment D.

-Quel bâtiment D ? Il n'y en a que trois, un pour les hommes, un pour les femmes et un pour les enfants.

-Le D, c'est pour rien de tout ça ma vieille !

-Tu es une femme.

-Aujourd'hui peut-être, quand j'étais là-bas je n'étais plus rien. Plus rien d'humain.

Les embruns qui emplissent les sens.

- Rapport n°19 -
  11/12/2028

Jeanne Loiseau (dossier n°8026C)
33 ans. 1m59. 48 kg.

Mes constations sont les mêmes que celles rédigées lors du précédent rapport.

Après concertation sur son cas, l'ensemble de l'équipe a décidé de la transférer au bâtiment D dans deux jours et pour une période indéterminée.

Si elle venait à parler au personnel soignant dans les deux jours à venir, cette décision serait remise en question et nous nous concerterions à nouveau sur son cas.

Copie aux professeurs Maurice Bois-Martin, Nadège Vilaine et Marc Leduc.

Docteur Jean Fontaine

-Voulez-vous vous présenter madame ?

-…

-Savez-vous pourquoi vous êtes là ?

-…

-Vos enfants, vous vous en souvenez ?

-…

-Ils sont morts. Vous souvenez-vous comment ils sont morts ?

-…

-Si vous refusez de parler nous allons devoir procéder différemment. En êtes-vous consciente ?

-...
-Je ne voulais pas en arriver là. Vraiment pas.

Ils ressemblent à quelqu'un qui a allumé un feu; puis quand le feu a illuminé tout à l'entour, Allah a fait disparaître leur lumière et les a abandonnés dans les ténèbres où ils ne voient plus rien.

La force d'un océan déchaîné une nuit de pleine lune.

-Elle ne parle toujours pas ? Quel dommage…
-Elle sera transférée demain au bâtiment D.
-Tu es sûr qu'il n'y a pas d'autre solution ?
-Marc, tu t'en inquiètes parce qu'elle est plus jeune et plus jolie que la plupart de ces débiles. Tu devrais quitter l'hôpital et rentrer chez toi voir ta femme de temps en temps.
-Ne me dis pas que tu n'y as jamais pensé.
-Je ne te le dirai pas.
-Elle reviendra tu crois ?
-Je ne sais pas, elle me paraît trop fragile pour revenir.
-Peut-être trop intelligente aussi.

Jour. Nuit. Jour. Nuit. Jour.

Douleur.
-Parle-nous maintenant.
Douleur.
-Parle-nous.
Douleur.
- Parle.

Froid. Chaud. Froid. Chaud. Froid

-Tu as tué tes enfants. Pourquoi devrions-nous être gentils avec toi ?
-…
-Ton mari t'a abandonnée hein ?
-…
-Ne dis rien si tu veux mais nous on sait. On sait tout.
(-Vous ne savez rien)

Lumière. Chaos. Lumière. Chaos. Lumière.

-Tu es folle, folle, folle,….
(-Non)
-Dieu n'existe pas, pas, pas,…
(-Si)
-Tu as commis des meurtres, meurtres, meurtres,…
(-Non)
-Tu n'as jamais aimé ta famille, famille, famille,…
(-Si)

Orgueil. Gourmandise. Luxure. Avarice. Colère. Envie. Paresse.

- Rapport n° 35 -
25/04/2029

Jeanne Loiseau (dossier n°8026C)
33 ans. 1m59. 41 kg.

Après plusieurs semaines d'internement dans le bâtiment D, la patiente semble vouloir enfin coopérer.

Son obstination pour les croyances religieuses semble disparaître peu à peu.

Elle semble assimiler le fait qu'elle ait tué ses trois enfants en les noyant dans la mer. Elle comprend également que son mari l'a abandonnée il y a deux ans, et qu'il n'a pas été tué par le gouvernement à cause de ses idées et de ses croyances, comme elle l'affirmait au début.

Malgré tout, les médicaments prescrits restent inefficaces, sa maladie persiste.

Docteur Jean Fontaine

-Comment vous appelez-vous ?
-Jeanne.
-Avez-vous tué vos enfants ?

-Oui.
-Croyez-vous en Dieu ?
-Non.
-Etes-vous bien ici ?
-Oui.

-Tu vois tu es revenue, ils te laisseront tranquille maint'nant. Plus personne va venir t'emmerder.
-Sûrement.
-Tu es encore plus maigre qu'avant. Il faut que tu manges.
-Je leur fait croire que je suis schizophrène, il vaut mieux que je paraisse anorexique encore un peu.
-Tu ne sortiras jamais d'ici ma vieille. Tu risques de devoir rester un sac d'os encore longtemps.
-Je ne mourrai pas ici.
-C'est ce qu'ont dit toutes.

-Jeanne, comment vous sentez-vous ?
-Qui êtes-vous ?
-Le docteur Marc Leduc, je remplace le docteur Fontaine, il est en vacances.
-En vacances…
-Voulez-vous me parler de quelque chose aujourd'hui ?
-Parlez-moi plutôt de vous.

-Il n'est pas question de moi ici… Vous savez que vous avez perdu trop de poids pendant votre séjour dans le bâtiment D.

-Vraiment ?

-Écoutez, je sais qu'ils vous ont fait beaucoup de mal là-bas, mais vous pouvez avoir confiance en moi.

-Confiance ?

-Je suis votre ami.

-Je ne crois pas que vous vouliez être mon ami.

- Rapport n°36 -
06/05/2029

Jeanne Loiseau
33 ans. 1m59. 41 kg.

L'état de la patiente reste stable. J'envisage cependant de réduire les doses de benzodiazépines qui lui sont administrées. Elle ne représente aucun danger pour autrui.

Ses crimes passés sont visiblement dûs à un trouble ponctuel et passager, qui grâce aux traitements, ne peut en aucun cas se reproduire.

Le principal objectif de l'équipe soignante doit être à ce jour de lui faire gagner du poids et de veiller à ce qu'elle se remette de ses blessures à l'épaule gauche et sur le dos.

Docteur Marc Leduc

- Jeanne, je ne crois pas que vous soyez folle.
- Pourquoi ?
- Je crois que vous faites semblant.
- Pourquoi ?
- Pour ne pas aller en prison.
- Parce que vous pensez que je n'y suis pas ?
- …
- La mer…
- Comment ?
- La mer, j'aimerais revoir la mer.
- Continuez.
- Aimez-vous la mer docteur Leduc ?
- …
- Aimez-vous la mer ?
- Oui.
- Personne ne sait ce qu'il y a sous la mer…Le savez-vous ?
- Vous venez de le dire, personne ne le sait.
- Mais vous n'êtes pas personne, docteur.

- Alors, dis-moi, pourquoi ton homme a été buté ? T'en parles jamais…
- Il a été tué, c'est tout.
- Par qui ?
- Par eux.
- Pourquoi ?
- Il était musulman.

- Vous auriez dû partir quand ils ont été élus ma vieille.
- Nous ne pensions pas que…
- T'as plus personne maint'nant.
- Si, il me reste quelqu'un.

- J'ai une surprise pour vous.
- Quoi donc ?
- Demain je vous emmène au bord de la mer.
- Mon maillot de bain sera trop grand.
- Je vous en achèterai un autre.
- Il fera beau demain ?
- Très beau.

Et quand les mille ans seront accomplis, Satan sera délié de sa prison; et il sortira pour égarer les nations qui sont aux quatre coins de la terre, Gog et Magog, pour les rassembler pour le combat, eux dont le nombre est comme le sable de la mer.

Et ils montèrent sur la largeur de la terre, et ils environnèrent le camp des saints et la cité bien-aimée; et un feu descendit du ciel et les dévora.

Et le Diable, qui les avait égarés, fut jeté dans l'étang de feu et de soufre, là où sont aussi la Bête et le faux prophète; et ils seront tourmentés, jour et nuit, aux siècles des siècles.

- Lettre adressée à l'ensemble du personnel médical de l'hôpital -

À ce jour, lundi 2 novembre 2029, le corps de Jeanne Loiseau n'ayant pas été retrouvé, sans doute emporté par les vagues, la police la déclare décédée le jour de sa disparition, le 8 juillet 2029. Son dossier est donc clos. Si son corps venait à être retrouvé et identifié, un certificat de décès serait joint au dossier de la patiente.

Et la mer rendit les morts qui étaient en elle; et la mort et le hadès rendirent les morts qui étaient en eux, et ils furent jugés chacun selon ses œuvres.
Et je vis un nouveau ciel et une nouvelle terre; car le premier ciel et la première terre s'en étaient allés, et la mer n'est plus.
Et je vis la sainte cité, nouvelle Jérusalem, descendant du ciel d'auprès de Dieu, préparée comme une épouse ornée pour son mari.

Liberté. Désirs. Ailleurs. Liberté. Désirs. Ailleurs. Liberté…
Paix

Nous affirmons catégoriquement que partout où il y a contradiction entre un résultat de la démonstration et le sens obvie d'un énoncé du Texte révélé, cet énoncé est susceptible d'être interprété suivant des règles d'interprétation de la langue arabe. C'est là une proposition dont nul Musulman ne doute et qui ne suscite point d'hésitation chez le croyant. Mais combien encore s'accroît la certitude qu'elle est vraie chez celui qui s'est attaché à cette idée et l'a expérimentée, et s'est personnellement fixé pour dessein d'opérer la conciliation de la connaissance rationnelle et de la connaissance transmise ! **Averroès.**

La bohème

Un soir de décembre

Dans un café de Montmartre

Antoine
Leila
Un adolescent
Un serveur

Serveur (*s'approchant d'Antoine*) : Qu'est-ce que je vous sers ?

Antoine : Un café, s'il vous plaît.

Un certain temps plus tard...

Adolescent (*il lève le nez de son ipad*) : Vous attendez quelqu'un ? Ça fait un moment que vous tapez du pied.

Antoine : Pardon…ah la voilà.

Leila passe la porte du café, le vent s'engouffre dans la pièce.

Leila : J'ai été retenue, excuse-moi.

Antoine : Je pensais que tu ne viendrais pas…

Leila : Et bien comme tu vois je suis là.

Serveur : Que prendrez-vous madame ?

Antoine : Un cappuccino avec deux sucres pour madame.

Leila : Oh tu t'en souviens !

Antoine : Bien sûr que je m'en souviens. Comment vas-tu ? Tu as du travail ?

Leila : Oh le travail, tu sais, ça va, ça vient.

Antoine : Un journal m'a embauché à Berlin. Je vais faire des caricatures, ce genre de choses.

Leila : Tu ne peins plus ?

Antoine : Non, ça fait déjà quelque temps que je ne touche plus à un pinceau.

Leila : C'est dommage…tu étais si doué ! Qu'as-tu fait de mon portrait ?

Antoine : Je l'ai brûlé. J'ai tout brûlé. J'ai pas les moyens de me payer un déménageur.

Leila : J'aurais pu le récupérer.

Antoine : À quoi bon ? Il n'était pas achevé de toute façon…

Leila : J'avais posé pendant des jours et des jours pourtant !

Antoine : Oh mais tu aurais pu poser pendant des années. Ce tableau-là n'aurait jamais été terminé.

Leila : Tu te souviens quand on s'est vu pour la première fois ?

Antoine (*avec un petit rire triste*) : Bien sûr, tu étais nue.

Leila : Tu étais le plus beau des étudiants.

Antoine : Et toi la plus belle des modèles que les Beaux-Arts n'aient jamais embauchée !

Leila : Et puis quand on vivait dans notre chambre de bonne…

Antoine (*en prenant la main de Leila*) : On avait vue sur la Seine. C'était parfait.

Leila : Et puis quand on accueillait tes copains quand ils ne pouvaient pas payer de loyer…

Antoine : Ça arrivait souvent. On riait bien à cinq ou six dans dix mètres carrés.

Leila : Et puis quand ta sœur s'est fait larguer par le fils à papa du seizième et qu'elle est venue se réfugier chez nous à deux heures du mat' avec une bouteille de jack daniel's…

Antoine : Pauvre petite sœur. La nuit lui avait porté conseil, le lendemain il était oublié.

Leila : Et puis quand on s'embrassait au pied du Sacré-Cœur au coucher du soleil…

Antoine : Et quand on passait la nuit sur la péniche de mon cousin…

Leila : Ah oui...

Antoine : Tu as réussi à percer comme danseuse ?

Leila : Parfois je travaille au Moulin Rouge. Je remplace quand une fille tombe malade.

Antoine : C'est bien. C'est mieux que rien.

Leila : J'ai été contente de te revoir Antoine mais je vais devoir y aller.

Antoine : Quelqu'un t'attend ? Un petit-ami ?

Leila : Un fiancé. Il faut bien se caser un jour.

Antoine (*quand elle commence à se lever*) : Je n'ai pas envie de te laisser partir.

Leila : Il le faut bien pourtant. Demain tu m'auras oubliée.

Antoine : Peut-être. Peut-être pas.

Leila : Cette vie est finie Antoine. Tu voudrais quoi ? Que je t'épouse ?

Antoine : Pourquoi pas ?

Leila : Et avec quel argent Antoine ?

Antoine : Tu n'as jamais été intéressée par l'argent.

Leila : J'ai changé. Je ne veux plus revivre ces années de galère tu comprends. Et puis je rentre au pays. C'est mieux comme ça.

Antoine : Est-ce que je te reverrai un jour ?

Leila : Non, Antoine. Il faut dire adieu au passé.

Leila sort du café et rejoint un homme qui attend sur le trottoir. Le serveur débarrasse la table.

Adolescent : Je suis bien désolé pour vous mon vieux. Je bosse sur une nouvelle pour un concours depuis des heures. Votre petite discussion m'a permis de faire une pause.

Antoine : Ravi d'avoir pu te divertir.

Antoine paye le serveur et se lève.

Adolescent : Alors je viens d'assister à votre adieu à la vie de bohème ? Aux idéaux d'un jeune peintre ? Aux illusions de l'amour ?

Antoine : Non, gamin. Je viens d'avoir trente ans.

Adolescent : Et ?

Antoine : Quel âge as-tu ?

Adolescent : Dix-sept ans pourquoi ?

Antoine : Alors tu ne peux pas comprendre. Je viens de dire adieu à ma jeunesse, gamin, à ma jeunesse.

Il ouvre la porte, le froid s'engouffre. Il se tourne une dernière fois vers le lycéen.

Antoine : Espérons que ta nouvelle aura plus de succès que mes peintures.

Esta es mi canción por la que ha pasado la voz de Jehová.
Ella era dulce como el fruto moreno de la palmera, y su nombre era como el olor de un nardo en la noche.
Y yo te amé porque la diosa sonreía en tu rostro a la luz de la luna.
Y fuiste para mí como mirra que ungiera mi cuerpo.
Y entraste en mi cámara como la luz de una lámpara en medio de las tinieblas.
Dorada eras como la luna, morena como tu patria el desierto.
Los mancebos de Jerusalén te amaron, y las hijas de Sión miraron con tristeza tus collares de oro y tu caminar fragante.
De tanto mirar a la diosa, tus ojos brillaban como estrellas.
Ibas por el desierto con las lentas caravanas, y un día abandonaste a tus hermanos, y sola con tus amuletos y tus ídolos seguiste tu destino.
Alta como una torre y recta como un lirio, te apareciste en mi jornada.
Y eras ágil como una corza en la montaña.
En mi huerto cerrado tú temblaste como una hoja bajo la lluvia.
Era más pálido el oro de tus ajorcas que el oro de tus mejillas.
Y eran tus piernas finas y calientes como las de las gacelas.
Con ámbar adornaré tu cuello, y tus orejas con zarcillos de plata.
Vino de Engaddi era para mí tu boca, y tus besos suaves del sabor de las manzanas.
Y tú eras hermosa entre las hermosas, y un lucero azul brillaba alto sobre tu frente.
Y nuestra cámara era de oloroso cedro, y nuestro lecho de nardos y de sedas de Damasco.
Y se quemaban los aromas, y tu vientre se quemaba como un incienso más.
Isaac Muñoz[2].

---

[2] Écrivain moderniste et orientaliste espagnol (1881-1925) étudié essentiellement par Amelina Correa Ramón (Université de Grenade) et Manon Larraufie (Université de Toulouse).

Celle-ci est ma chanson par laquelle est passée la voix de Jéhovah.
Elle était douce comme le fruit brun du palmier, et son nom était comme l'odeur du nard dans la nuit.
Et moi je t'ai aimée parce que la déesse souriait sur ton visage à la lumière de la lune.
Et tu as été pour moi comme de la myrrhe qui tapissait mon corps.
Et tu es entrée dans ma chambre comme la lumière d'une lampe au milieu des ténèbres.
Tu étais dorée comme la lune, brune comme le désert ta patrie.
Les éphèbes de Jérusalem t'ont aimée, et les filles de Sion ont regardé avec tristesse tes colliers d'or et ta démarche parfumée.
A tant regarder la déesse, tes yeux finirent par briller comme des étoiles.
Tu errais dans le désert avec de lentes caravanes, et un jour tu as abandonné tes frères, et seule avec tes amulettes et tes idoles tu as suivi ton destin.
Haute comme une tour et droite comme du lys, tu es apparue au cours de ma journée.
Et tu étais agile comme une gazelle dans la montagne.
Dans mon verger clos tu as tremblé comme une feuille sous la pluie.
L'or de tes bracelets était plus pâle que l'or de tes joues.
Et tes jambes étaient fines et chaudes comme celles des gazelles.
J'ai orné ton cou d'ambre, et tes oreilles de boucles d'argent.
Ta bouche était pour moi du vin d'Engaddi, et tes baisers doux comme la saveur des pommes.
Et toi tu étais belle parmi toutes les belles, et une étoile bleue brillait haut sur ton front.
Et notre chambre était embaumée de fragrances de cèdre, et notre couche de nards et de soies de Damas.
Et les arômes brûlaient, et ton ventre brûlait tel un encens parmi d'autres.
Isaac Muñoz. Traduction de Manon Larraufie.

Dans le sang je te vis

Allí desapareció a los ojos atónitos del animal y a las ansiosas miradas del público, el cual, ebrio de entusiasmo, atronó los aires con inmensos aplausos, porque siempre conmueve ver que los hombres jueguen así con la muerte, sin baladronada, sin afectación y con rostro inalterable.

La Gaviota, **Fernán Caballero**

En arrivant à la *Maestranza*[3] je sentis la main de mon mari se crisper au creux de mes reins. Nous étions entraînés par la foule qui se précipitait vers le *tendido*[4]. Le bas de ma robe fut déchiré à deux reprises et mes souliers piétinés. Je pouvais déjà sentir le sang bouillir dans mes veines. D'une part parce que ces chaussures étaient les seules que je possédais pour la féria, et d'autre part parce que les autres m'insupportaient. Je n'étais pas le genre de femme à se pavaner dans les derniers salons fréquentables, ni à écrire de la poésie en revendiquant un esprit féministe, ni à apprécier la compagnie. La compagnie me révulsait et, de manière générale, je révulsais également la compagnie. Nous finîmes par nous asseoir au milieu du brouhaha ininterrompu de la plèbe qui savourait déjà le spectacle à venir. Je voyais le visage de mon mari s'assombrir peu à peu pour enfin se fermer complètement derrière une petite moustache et une mèche de cheveux rebelle. Juan Calvo de León était un être romantique et distingué qui répugnait la corrida. Ce fut le seul homme que je connus à ne pas se vanter des années durant d'avoir vu Joselito en chair et en os.

Les Ortega arrivèrent ensuite, puis les Soriano et les Muñoz y Muñoz, créant ainsi un cercle réduit d'aristocrates déchus au sein d'une mer nauséabonde de prolétaires en quête de distraction. Quand le *paseíllo* commença, les spectateurs se turent enfin, offrant à mes oreilles quelques

---

[3] Nom de l'arène de Séville
[4] Partie des gradins

secondes de répit avant les infinis applaudissements et cris de rage. Cris de rage d'ailleurs assez typiques de l'homme rustique qui ne demande au torero que de vaincre une bête, chose que des humains bien moins prestigieux réalisent depuis des millénaires sans en récolter un quelconque triomphe. Je n'étais pas en mesure de dire si j'aimais ou non la corrida. Sortir de ma chambre m'ennuyait, quel que soit la raison de la sortie. Je regardais sans passion le torero suer sous son *traje de luces*[5] et sans peine le taureau souffrir pendant de longues minutes. Je pouvais sentir mon mari trembler sans trembler et gémir sans gémir. Il ne pouvait se le permettre, bien sûr. Et pour cela je compatissais chaque année pendant les quelques jours de la *feria de abril* où une boule lui nouait le ventre et ne le laissait en paix qu'à la nuit tombée, apaisé enfin entre les bras d'une maîtresse de maison réconfortante. La maîtresse de maison étant moi, bien évidemment.

Et puis soudain, alors que nos amis s'exclamaient à gorge déployée et que mes tympans priaient en silence, je le vis. A plusieurs mètres de moi. Trois, quatre, peut-être même cinq. Brun, les yeux noirs, le teint clair et une barbe sculptée autour du visage. Nos regards se croisèrent et alors j'oubliai les *puyasos* qui se plantaient au fur et à mesure dans le *morrillo* du taureau. J'oubliai que le torero n'était autre que le célèbre José Gómez Ortega dont notre ville était si fière. J'oubliai que j'étais entourée et que n'importe qui aurait pu s'apercevoir de mon regard insistant. J'oubliai

---

[5] Costume du torero

que j'étais dans la *plaza de toros*[6]. J'oubliai que les Russes venaient de proclamer une révolution et que les Etats-Unis venaient d'entrer en guerre. J'oubliai enfin que j'étais une femme en souffrance qui n'attendait qu'un regard pour être sauvée. Ce regard.

La femme qui ne cessait de m'observer depuis plusieurs minutes déjà n'était ni belle ni laide. Elle possédait cependant un charme. Le charme de ces dames de cour qui n'ont plus de cour. Le charme de ces femmes encore jeunes qui déjà ont oublié ce qu'était le bonheur. Je ressentais chez elle un besoin, celui d'être regardée et admirée. Mais dans l'ombre, le secret, le mystère. Le jeu dévoilé et elle tournerait ensuite la tête pour fixer l'horizon et ne le quitterait plus jamais du regard. Un regard clair dans lequel scintillait une lueur de désir. Le désir pour l'inconnu. Un désir qui ne pourrait jamais être assouvi.

Je souris intérieurement en pensant que, bien sûr, elle n'était pas de mon monde. Moi, jeune dandy, fils d'avocat de province, qui ne rêvais que de monter à Madrid pour vendre mes *poemarios*[7]. Et cette femme que je ne connaissais pas et que je n'aurais jamais l'opportunité de connaître, m'inspira un nouveau poème. Elle n'était pas caractéristique des femmes mariées qui, pour tromper l'ennui, se trouvent un amant. Elle n'était pas non plus de

---

[6] Arène
[7] Recueil de poèmes

ces femmes qui envoûtent un homme à lui faire perdre la raison pour l'abandonner ensuite à son triste sort. Mais, cependant, la lueur qui éclairait son visage froid aux traits durs n'était pas celle de la femme chaste et docile qui se plie aux règles imposées par notre société moderne. Je ne savais à quoi ou à qui la comparer. Et j'en étais dérouté.

Quand enfin je me décidai à lever la tête et à affronter son regard, je sus alors. Je sus que j'étais perdu. Perdu dans le regard de cette grâce sans beauté. De ce cœur sans tourment. De cette âme sans espérance. Elle avait toujours vécu ce que la vie lui avait offert, sans rechigner ni s'enthousiasmer, telle une vague qui se jette désespérément à l'infini sur un sable monotone et indissociable des autres sables, un sable jaune, doux et fin, légèrement chauffé par le soleil andalou, puis à nouveau refroidi par une vague qui se meurt.

Et enfin, sans avoir vu le temps passer, le *tercio de muerte* arriva. Mon mari me prit la main et la serra si fort que je faillis amorcer un geste. Mais je n'en fis rien. Je regardais toujours l'homme à la beauté démoniaque qui se trouvait face à moi et qui, depuis un certain temps déjà, me scrutait également. Nous ne formions plus qu'un au milieu de centaines de spectateurs en transe qui applaudissaient la mort de la bête. Elle gisait maintenant au sol, empalée par l'*estoque* de Joselito. Mon cœur se serra alors. La peur. La peur de ne plus jamais le voir. La peur de regagner mon foyer et de redevenir une femme sans avenir. La peur d'être passée à côté du bonheur.

Une jeune panthère au milieu des cris et du sang m'offre la sensation débordante et divine d'une vie plus grande, plus profonde, plus subtile.

Sur son visage tremble un voile ocre, fascinant crépuscule d'ombre et d'or.

Je l'aime avec la violence d'une âme qui s'emplit de terreur en la regardant.

Le jour où nous nous sommes rencontrés, c'était pour moi un tremblement d'agonie.

Des heures profondément tristes se croisaient, des éclairs d'aurores.

Dans ses yeux venimeux se trouve le mystère gelé.

Son corps est comme un poignard, et dans ses gestes passent des rafales divines, le souffle tragique qui dressait les serpents des cheveux d'Ishtar.

Je suis tombé amoureux des yeux de la déesse que personne ne contemple jamais.

Des yeux qui reflètent le vide immense d'une vie sans joie, sans haine, sans exploit.

Une vie perdue dans la *nada*.

Elle ressemblait à un jeune félin tâché par le sang du taureau qui coulait maintenant à flot.

Dans la *plaza de toros* de Séville s'était créé un fil invisible qui reliait deux âmes.

Deux âmes qui n'avaient vécu jusqu'alors que dans l'espoir de se rencontrer un jour.

Et aujourd'hui, alors que la capitale croule sous les bombardements, je ne pense qu'à elle. La femme sans nom qui se tient à mes côtés, se redresse puis me sourit avant de récupérer son dû. Je me lève et m'habille avec toute l'assurance dont je suis capable. Je me fais vieux. Mes mains tremblent et mon dos s'affaisse. Avant de partir je regarde une dernière fois la femme qui, avec le temps, est devenue presque une amie. L'amie du poète qui ne rêve que d'une autre. Une autre peut-être moins belle, peut-être moins gentille, peut-être moins douce. Mais cette autre a pris mon cœur il y a longtemps et depuis il ne reste que des miettes pour les femmes qui tenteraient de s'en emparer.

Je sors de l'édifice décrépi et me dirige vers le *puente de los franceses*[8] avec le sentiment de flotter, le corps déjà sur le chemin du purgatoire. Je suis monté à Madrid, j'ai

---

[8] Pont de Madrid

vendu quelques *poemarios*, sans succès, et alors je me suis mis à écrire des romans. Jamais je n'ai pu quitter ma mansarde, le café Castilla, les prostituées et l'*ajenjo*[9]. J'ai vécu avec un groupe d'artistes dans la bohème de Madrid qui, déjà, disparaissait de Madrid.

Je me hisse sur la rambarde du pont, prêt à sauter et à oublier. Oublier que je ne l'ai pas rattrapée, que je n'ai pas fui avec elle, que nous n'avons pas pu nous aimer. Pour finalement vivre éternellement seul dans un monde où règne modernité et individualisme.

Et une brise venue du sud me rappelle à elle alors que je m'enfonce dans un tunnel sombre.

Et, au bout, une lueur que j'avais déjà vue, vingt ans plus tôt, dans les yeux d'une femme qui ne pleurait ni ne criait face à la mort.

Et alors que je sens la vie me quitter peu à peu, je me souviens encore de ce jour d'avril 1917.

Et l'appel à la prière qui résonne au-dessus de ma tête.

Et ma fille qui me dit que tous sont partis, que nous devrions nous aussi partir.

Et Leila qui m'apporte un thé à la menthe, puis s'assoit

---

[9] Absinthe

à côté de nous.

C'est fini. Le protectorat est fini. Les espagnols partent comme ils sont venus. En courant.

J'inspire l'air empli de jasmin qui enveloppe mon *azotea*[10].

Je suis contente d'être venue ici après la guerre. Ce pays me correspond bien. Calme puis féroce. Doux puis brutal. Chaud puis soudain froid.

Et alors que mes yeux se ferment lentement, que mes sens quittent peu à peu mon corps pour s'évaporer dans l'air chaud et poussiéreux jusqu'à atteindre les rares nuages qui tâchent le ciel, je repense à cet homme rencontré à la *Maestranza*.

Je meurs enfin - le sourire aux lèvres, un sourire que jamais je ne lui ai adressé et que jamais il ne m'a adressé-en pensant : J'étais morte, et toi tu m'as offert la vie. Merci.

---

[10] Terrasse sur le toit

Isabel Muñoz.

Texte sans titre

Ô habibi !
Je ne puis choisir.
Dois-je vivre ou mourir ?

Le soleil se prosterne. Le ciel se pare d'un éclat orange vif.

De sa fenêtre aux rideaux pourpres, elle peut voir la mer, le détroit, la frontière liquide.

Elle se dit que ce sera bientôt fini. Chaque jour depuis bientôt dix ans elle se dit que demain ce sera fini.

Son corps souffre, son âme d'autant plus.

Allah, regarde ce que la vie a fait d'elle. La crois-tu victime ou pécheresse ?

Ô habibi !
Je ne puis choisir.
Dois-je vivre ou mourir ?

Les heures sont vides. Elles n'ont ni odeur, ni beauté, ni douceur.

Le silence est son pire ennemi.

Quand vient la nuit il y a toujours une ombre, d'un continent ou d'un autre, pour te faire croire qu'ensuite reviendra le jour et qu'un baiser est preuve d'amour.

Mais le soleil qui s'étend du Sahara au Sinaï ne revient jamais. Il est perdu depuis l'enfance dans ces flots inodores.

Ses mains s'embourbent dans le sel et ne trouvent aucune échappatoire.

Ô habibi !

Je ne puis choisir.
Dois-je vivre ou mourir ?

À l'aube elle traîne sans bruit sur la plage de sable blanc.
Elle veut que la Terre décide pour elle.
Elle qui n'a plus de patrie, rejetée par les deux continents.
Mais la mer n'appartient à personne. Alors que nombre de corps appartiennent à la mer.
Elle se laisse glisser entre les vagues. La soie colle ses jambes comme une seconde peau.

Ô mon Dieu, que m'arrive-t-il ?
Emporte-moi dans un autre monde.
Où le premier ne sera pas comme le second.
Où personne ne m'emmènera seule dans une forêt dense.
Où ma mère servira le kawa et mon père fumera sur le toit.
Où mes larmes s'évanouiront dans la mer.
Où mon corps rejoindra les algues sombres.
Où mon âme s'envolera en une puissante nébulosité grise un jour de grande chaleur.

Ô habibi !
Je ne puis choisir.
Dois-je vivre ou mourir ?

Table

Le spleen de Zarqa 5

Dernier regard 21

Pour te voir une dernière fois 27

Salam mon amour 47

Dans la mer je me suis perdue 59

La bohème 73

Dans le sang je te vis 83

Texte sans titre 95

© 2019, Manon Larraufie

Edition : Books on Demand,
12/14 rond-Point des Champs-Elysées, 75008 Paris
Impression : BoD - Books on Demand, Norderstedt, Allemagne
ISBN : 9782322163120
Dépôt légal : Janvier 2019